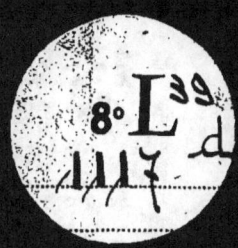

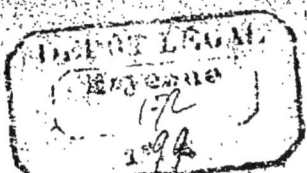

Michel ZEVACO

Les Jésuites

CONTRE

Le Peuple

LA NOUVELLE INQUISITION

« Les Jésuites, les Assomptionnistes et les Dominicains
« conduisent l'Eglise à la ruine et la France à la guerre
« religieuse. »

Prix : 0 fr. 10

PARIS

SOCIÉTÉ LIBRE D'ÉDITION DES GENS DE LETTRES
30, Rue Laffitte, 30

1899

Les Jésuites

contre

Le Peuple

Michel ZEVACO

Les Jésuites

CONTRE

Le Peuple

LA NOUVELLE INQUISITION

« Les Jésuites, les Assomptionnistes et les Dominicains
« conduisent l'Eglise à la ruine et la France à la guerre
« religieuse. »

Pri : 10

PARIS

SOCIÉTÉ LIBRE D'ÉDITION DES GENS DE LETTRES

30, Rue Laffitte, 30

1899

LES JÉSUITES

CONTRE

LE PEUPLE

« Les Jésuites, les Assomptionnistes, les Domi-
« nicains conduisent l'Eglise à la ruine et la France
« à la guerre civile. »

Ces paroles ne sont pas de moi.

Il y a quelques années, j'ai eu l'occasion de m'en-
tretenir avec un religieux qui occupe une haute situa-
tion dans la hiérarchie ecclésiastique. Le nommer serait
le dénoncer à la vengeance des Ordres tout puissants
dont la domination occulte accable ce pays de tant
de malheurs.

C'était un homme vénérable, non par la robe qu'il
portait, mais par la profonde sagesse de ses paroles, la
sincérité visible de sa pensée, la belle intelligence de
son esprit cultivé.

Il ne cherchait pas à convaincre l'incroyant que je
suis.

Mais, me jugeant capable de respecter la probité
d'âme d'un adversaire loyal, il me causa librement,
convint avec moi qu'un abîme sépare aujourd'hui
l'Eglise, de Jésus-Christ son fondateur, que la France
et la liberté des citoyens courent les plus graves dan-
gers, grâce à l'insatiable ambition et à l'effrénée tyrannie

de certains Ordres religieux ; et je pus recueillir les paroles de vérité que j'ai épinglées au frontispice de cet ouvrage, paroles précieuses, venant d'un tel homme !

*
* *

Les moins clairvoyants reconnaissent aujourd'hui l'imminence du péril clérical. Les faits matériels sont là pour démontrer l'incroyable puissance du *Gésu*.

Puisque j'ai le premier, je crois, introduit ce terme dans la presse, il faut que j'explique ce qu'il concrète.

Qu'est-ce que le Gésu ?

L'ensemble des forces tendant à utiliser les croyances religieuses du monde pour le maintenir dans l'ignominie du despotisme théocratique.

Le Gésu est de tous les temps.

Le Gésu athénien a assassiné Socrate. Le Gésu pharisien a crucifié le révolté de Nazareth.

Le Gésu apostolique romain a amoncelé un tel amas d'iniquités que la face de l'Histoire en est marquée comme d'un lupus dévorant.

Le Gésu de notre ère, âpre, tenace, rongé par sa lèpre d'ambition, agité par sa frénésie des dominations poussées au paroxysme, rué sur l'univers dont il suce la moelle, a juré que l'Humanité deviendrait sa chose, sa loque, une simple ordure que, d'un coup de balai, il ferait rouler au ruisseau du néant.

En France, le Gésu, incarné en ses congrégations formidables, allonge déjà ses pattes sanglantes sur la gorge de la Liberté.

Chassé, honni, méprisé, il a courbé l'échine, puis s'est révélé indomptable et, graduellement, il monte au faîte de l'impudeur. Un instant terrassé par la Révolution, il s'est relevé, il parle haut, et déjà son mortel sourire hypnotise la République.

Demain, si on ne se dresse devant lui, il triomphera, et ce serait le triomphe de l'Horrible.

Il faut, ici, étudier le monstre. La tâche sera dure : on n'y faillira pas.

Quelle est son essence ? La négation de tout ce qui n'est pas lui, l'affirmation de son omnipotence, la volonté d'être le Maître.

Quelle est sa foi ? Il ne croit pas au Dieu qu'il invoque. Il ne croit pas à l'humilité, à la pauvreté, à la chasteté qu'il prêche. Il croit à lui-même, se célèbre, s'encense et s'adore, prostré devant son propre Orgueil.

Son objectif ? La jouissance de toutes les jouissances morales et physiques.

Son moyen ? Le Pouvoir — apparent ou occulte — mais sans contrôle humain. Un pouvoir tel que la monarchie absolue elle-même a tremblé sous son étreinte de fer.

Le Gésu est infiniment riche.

Une carte récemment publiée montre la tache noire s'étendant de plus en plus sur la France, envahissant de préférence les départements les plus prospères.

La fortune immobilière des ordres religieux était en 1881 de 800 millions

Elle atteint aujourd'hui deux milliards !

Ces deux chiffres n'ont-ils pas une éloquence effrayante ? Ne jettent-ils pas une lueur sinistre sur la marche implacable du Gésu ?

Quant à la fortune totale, elle est évaluée à DIX MILLIARDS.

Dix milliards !

Songez au pouvoir illimité que peut donner une pareille somme habilement manœuvrée ! Songez au nombre de consciences et de plumes qui sont à vendre au plus offrant et dernier enchérisseur ! Vous aurez le secret de tant de conversions qui ont paru étonnantes, vous saurez pourquoi tant d'écrivains nous veulent doucement ramener dans le giron de l'église ; vous comprendrez les mobiles de la guerre civile qui se prépare, c'est-à-dire, en réalité, de la guerre religieuse !

Que veut donc le Gésu ?

Que veulent les forces cléricales dirigées par les congrégations, Jésuites, Augustins, Assomptionnistes, Dominicains et autres ?

Le testament du Père d'Alzon, daté du 1er août 1877, et confirmé le 1er juin 1878, le déclare nettement :

1° RESTAURER L'ENSEIGNEMENT SUPÉRIEUR CHRÉTIEN.

2° COMBATTRE LA RÉVOLUTION.

3° DÉTRUIRE LES SCHISMES.

En tête du livre : « Directoire des Augustins de l'Assomption », est indiquée également la volonté expresse des despotes :

1° LUTTE CONTRE LA RÉVOLUTION.

2° GUERRE AUX SOCIÉTÉS SECRÈTES (c'est-à-dire à toute association de libre-pensée).

3° TRAVAIL CONTRE LE SCHISME (c'est-à-dire destruction du Juif, du Protestant, de l'Athée.)

Il est impossible de déclarer avec plus d'impudence que les Révérends Pères ont résolu de devenir les maîtres absolus de ce pays.

Ailleurs, il affirment qu'il faut punir le peuple d'avoir fait la Révolution. C'est la Révolution française qui est la grande ennemie ! C'est l'ensemble de nos libertés qui les offusque ! Il faut revenir en arrière !

Mais jusqu'où ?

C'est ce que je vais expliquer.

Ces gens ont résolu de VOUER LA FRANCE AU SACRÉ-CŒUR.

Pourquoi la France? Parce qu'elle est un foyer de révolution. Elle, muselée, le reste sera, pense-t-on, facilement enchaîné.

Que signifie exactement : « *Vouer, consacrer la France au Divin Cœur ?* » Nous trouvons l'explication dans un discours prononcé par l'abbé Garnier, en 1890, à la chapelle de la rue François Iᵉʳ, devant le Congrès des Comités secrets organisés par les Pères de l'Assomption.

« *Par la seule efficacité de cette consécration, nous reviendrons directement à l'état social chrétien, au règne de l'autorité...* »

Or ce que le Gésu appelle *l'état social chrétien*, c'est très clairement indiqué par les Pères de l'Assomption en leurs réunions, un état copié sur celui qui a immédiatement précédé la Renaissance, « époque lamentable. »

C'est donc simplement *le retour au Moyen Age.*

Mais le retour au Moyen Age en supprimant les seigneurs qui jusqu'à un certain point peuvent gêner, *en inventant de toutes pièces une féodalité congréganiste.*

Le but du Gésu est donc, en réalité, d'effacer plusieurs siècles d'histoire, notamment le XVIIIᵉ et le XIXᵉ qui sont de la pure abomination, de nous ramener d'une manière très effective au temps des ténèbres qu'éclaire, seule, la flamme des bûchers, au temps où l'on brûlait Jeanne d'Arc comme hérétique *parce qu'elle servait les intérêts de la royauté de préférence à ceux de l'Eglise*, au temps où le peuple courbé tremblait, peinait, suait pour que les évêques et les moines fissent ripaille !

⁎⁎

Je suis amené, maintenant à dire quels sont les chefs de cette vaste conspiration.

Ce fut en l'an 1689 que fut réclamée la *Consécration nationale de la France au Sacré-Cœur*. C'est Dieu lui-même, affirment les agents du Gésu, qui demanda cette consécration.

La monarchie directement menacée résista. Deux siècles se sont écoulés. Et, aujourd'hui, en pleine République, la consécration demandée se fait, et un temple est construit à Montmartre pour célébrer cette offrande !

Les Jésuites eurent d'abord la direction du mouvement.

Peu à peu, attaqués par la royauté, minés par des congrégations rivales, ils durent s'effacer. En ces dernières années, le suprême gouvernement de la grosse opération est échu aux Pères de l'Assomption dont le siège central est à Paris, rue François Iᵉʳ, nᵒ 8.

Dans le courant de l'année dernière, pour l'organisation du grand assaut, il y a eu entente définitive entre les Jésuites, les Dominicains et les Assomptionnistes (ces derniers demeurant chefs et inspirateurs directs). Les Jésuites ont pour délégué : M. Dulac ; les Assomptionnistes, M. Picard ; les Dominicains: M. Didon.

Retenez bien ces trois noms.

Dulac — Loyola de nos jours dont le rêve insatiable se hausse jusqu'à entrevoir une Inquisition dont il serait le maître, jetant à ses pieds une France agenouillée, éperdue de terreur, la tête sous ses semelles sanglantes.

Didon — moine fieffé, soudard en robe, reître littérateur. Son rêve, à lui, c'est la tiare — la tiare de Borgia — le pontificat vautré sur les tapis d'Orient et qu'encercle la danse lascive des filles nues, tandis que les éphèbes versent en des cratères l'or du lacryma-cristi et que, ce pendant, les soldats dirigent leurs armes sur le peuple affamé.

Picard — le plus dangereux des trois, sorte de capucin Joseph qui se contenterait volontiers de devenir le confesseur et l'inspirateur du premier général qui voudra *étrangler la gueuse* et se faire proclamer empereur — oui, le plus dangereux, — parce que son rêve, à lui, est plus près des réalités possibles, des réalités imminentes.

*
* *

Les Jésuites, les Dominicains, les Assomptionnistes, voilà donc les trois Ordres religieux qui dirigent l'effroyable mouvement de réaction, et cherchent à passer un mors dans la bouche de la cavale révolutionnaire, pour la ramener aux putrides écuries du Moyen-Age.

Mais les inspirateurs tout puissants, ceux qui donnent le mot d'ordre, ce sont en réalité les Pères de l'Assomption.

Il faut expliquer ici par quels procédés ils sont arrivés en moins de vingt ans à affoler la conscience publique, à devenir de redoutables bandits embusqués sur le territoire de la République pour détrousser et assassiner la liberté.

Le mot d'ordre fut tout d'abord : *Agir sur les masses par le journal* (1877 et 1878)

Dix ans plus tard, le Gésu prenait la résolution *d'agir par les prédications*.

Vers 1891 ou 1892, il prenait contact avec la foule.

Nous allons le suivre dans ces diverses évolutions.

Ce fut en 1878 que *les Pères de l'Assomption* se mirent à la tête du mouvement qui doit, selon le testament du P. d'Alzon, aboutir à la *destruction du schisme et à la lutte contre la Révolution.*

Ils débutèrent par une maladresse : c'est-à-dire qu'ils eurent l'idée de combattre directement la République et surtout le socialisme.

Ce ne fut que plus tard qu'ils comprirent la nécessité de poser sur leurs faces d'inquisiteurs un masque socialiste.

En 1879, ils fondèrent le *Pèlerin* qui ne fut à cette époque qu'un petit feuillet hebdomadaire dont les rédacteurs reçurent l'ordre d'attaquer vigoureusement le socialisme.

Peu de temps après, le *Pèlerin* déclarait qu'il n'était pas l'adversaire irréconciliable d'un gouvernement républicain.

C'était la genèse du « ralliement à la République » la manœuvre la plus hardie qu'ait inventée le Gésu depuis la grande révolution.

Grâce à une propagande acharnée le *Pèlerin* monta jusqu'à quarante mille abonnés, mais ne put dépasser ce chiffre.

Voilà qui ne faisait pas l'affaire des directeurs du mouvement, c'est-à-dire de Picard et Bailly.

Alors fut résolu le grand coup de collier, la marche décisive en avant

La *France catholique* venait de disparaître, laissant la place pour un journal quotidien.

La création d'une feuille spéciale fut votée dans un congrès des chefs de comités fondés pour abattre la république.

On résolut que ce journal nouveau s'appellerait la *Croix* et arborerait le signe de ralliement — permanente allusion aux moines espagnols qui asssommaient les soldats de la révolution à coups de crucifix.

La *Croix* fut d'abord bi-hebdomadaire.

Soutenue par les dons de la noblesse qui rêvait et rêve encore une restauration monarchique, elle prit bientôt une grande extension.

Dès 1888, la *Croix* avait 17.000 abonnés. Mais jusque là, elle n'avait agi que sur la noblesse et le clergé. Elle ne répondait pas au programme qui était *de toucher les masses par le journal*.

Cette question se posa : *Comment atteindre le peuple ?*

Le prêtre ne pouvait plus prêcher puisque le peuple n'allait plus à l'église. Il ne pouvait pas visiter les paroissiens des campagnes, puisqu'ils étaient devenus indifférents.

— *Agir sur les masses par le journal quotidien !* Telle fut la pensée du P. Picard, — véritable âme damnée du mouvement anti-révolutionnaire.

La *Croix* devint donc quotidienne.

Et on décida de la lancer dans le peuple

Pour « atteindre le peuple » selon la propre expression du P. Picard, il y eut tout un plan que nous avons vu se développer lentement.

L'ouvrier étant pauvre, on décida que la *Croix* coûterait un sou — et même moins, comme on verra.

L'ouvrier étant avide de nouvelles, on décida que la *Croix* donnerait autant de renseignements que les journaux bien informés.

L'ouvrier étant socialiste, on résolut d'inventer le *socialisme chrétien*, et l'abbé Garnier fut chargé de faire accepter cette idée bizarre.

*
* *

Enfin, on résolut de créer sur toute la surface du territoire français des *Comités de propagation.*

Ces comités, émanations du journal la *Croix,* devaient servir et servent en effet à le répandre. Ils reçoivent des mots d'ordre. Ils sont dirigés par un chef occulte, choisi par le P. Picard et le P. Bailly. Ils forment en France une masse de militants capables de combattre par tous les moyens, même par les armes, au jour où le Gésu, levant le masque, essaierait d'étrangler la Révolution.

Ces *Comités de la Croix* forment aujourd'hui une puissante organisation.

Ce fut en 1889 qu'ils commencèrent à s'organiser. De grands centres furent créés d'abord : Marseille, Bordeaux, Toulouse, Lyon, Orléans, Poitiers, Rennes, Reims, Lille furent les premières villes choisies.

De là, rayonnèrent les envoyés, les agents de toutes sortes et, peu à peu, l'organisation gagna de ville en ville, les comités principaux se subdivisèrent, le réseau s'étendit et ses mailles se serrèrent.

Actuellement, la toile d'araignée jetée sur la France couvre le pays tout entier, et il n'y a pour ainsi dire pas de petite ville où il n'y ait un embryon de Comité chargé de renseigner rapidement le centre, d'amener des adhérents, de préparer des militants pour la grande guerre religieuse projetée.

A un moment donné, sur un signal, des hommes se lèveront partout et pousseront les mêmes clameurs d'extermination.

Notez bien que les ecclésiastiques furent rarement chargés de l'organisation des comités. Partout, ou presque, ce fut un laïque, un industriel, un homme enfin dont on ne pouvait pas se défier, qui fut placé à la tête des comités.

Les chefs laïques ne furent pas mis tout de suite dans le secret de la conspiration générale. Ils obéissent à un chef occulte qui dirige la région où se trouve le comité, qui est un représentant direct du P. Picard.

Le P. Picard, aidé par le P. Bailly, est l'âme de toute cette organisation, à laquelle il donne l'impulsion et la vie. Il est le véritable créateur de ce grand mouvement. C'est un de ces moines de la vieille école qui sont capables de tout pour le triomphe de leur ambition.

Ce fut avec une activité fébrile qu'il se mit à organiser partout les Comités de la *Croix*.

Pour en donner une idée, citons ce simple fait qu'à la *deuxième* réunion générale des délégués, qui eut lieu à Paris, rue François Ier, numéro 8, le 25 mars 1889, **quatre cents comités** furent représentés !

Dans les centres importants, tels que Lyon, il y a jusqu'à trois et quatre comités qui fonctionnent.

Ils sont indépendants les uns des autres, ne se connaissent pas et relèvent directement de la rue François Ier.

Chaque comité a un centre d'action nettement tracé. Il crée des embranchements et sous-embranchements.

La France se trouve ainsi divisée en provinces, en départements et cercles. A tel point que les Assomptionnistes ont dû en dresser une carte spéciale qui existe dans leurs archives.

Enfin, chaque chef est surveillé par un inspecteur occulte.

Il ne nous est pas possible de dire exactement le

nombre actuel des *comités de la Croix*. Nos renseignements nous permettent de l'évaluer à environ *quatre mille*.

Si l'on songe que chaque comité comprend un minimum d'une vingtaine de membres, que plusieurs comités sont riches de plus de cent membres, on voit qu'il existe une véritable armée prête à se ruer pour étrangler la République et massacrer les libres-penseurs.

*
* *

Pour mener à bien cette formidable organisation qui étreint le pays, il avait fallu d'abord perfectionner l'outil de propagande : *La Croix*.

Il ne paraît pas superflu d'indiquer le système employé par les Assomptionnistes pour élever rapidement le tirage de leur journal — sans lequel il leur eût été difficile de pénétrer dans les masses.

La vente du journal *La Croix* est un des points de combat où s'est porté le plus grand effort des futurs inquisiteurs.

Ce côté de la propagande du Gésu est à étudier. Il porte son enseignement.

Dans chaque ville où existe un Comité, on a commencé par chercher un *porteur*. Ce porteur de journaux, en apparence simple ouvrier, est le propagateur *officiel de La Croix*. Quant au Comité, il est généralement ignoré des habitants. C'est le porteur et non le Comité qui reçoit les ballots d'exemplaires.

C'est, le plus souvent, un jeune homme, quelquefois même un enfant, — enfin, quelqu'un dont nul ne songe à se méfier.

Voici comment procèdent les Pères :

La Croix est expédiée à *un centime le numéro*, prise

par *cinquante exemplaires au moins*. Au-dessous de cinquante exemplaires, c'est un centime et demi. Les Pères expédient leur journal par colis postaux de deux cent cinquante exemplaires.

Supposons une ville où il y a cent abonnés, ou cent lecteurs réguliers. Le porteur reçoit tous les jours ses cent exemplaires. Il donne la *Croix* à ses lecteurs, moyennant *quinze centimes par semaine*, ce qui lui rapporte 15 francs. Sur ces 15 francs, il renvoie 9 fr. 60 à la direction du journal et garde comme bénéfice les 5 fr. 40 restant.

Grâce à ce système, la *Croix*, qui avait dix-sept mille abonnés ou lecteurs réguliers en 1888, à ses débuts, en avait *près de cent mille un an plus tard* (exactement quatre-vingt-dix-sept mille).

En 1892, le tirage atteignait *deux cent cinquante mille*. Actuellement, la *Croix* peut lutter avantageusement avec des journaux à tirage énorme.

Voilà leur outil de propagande.

Mais, dira-t-on, ce système à diffusion a dû coûter fort cher aux Pères de l'Assomption.

C'est vrai. Et ceci m'amène à compléter ces détails sur l'organisation intérieure de la *Croix*.

Les directeurs sont arrivés lentement à posséder le matériel complet, depuis les casses d'imprimerie jusqu'aux rotatives. Le journal est, d'ailleurs, composé gratis par les sœurs oblates dont la maison se trouve au coin de l'avenue et de la rue Bayard.

Les bureaux de rédaction et administration, les machines se trouvent 8, rue François Ier, centre des opérations.

Malgré les incalculables richesses mises en réserve pour le grand coup final, les Pères *font tout payer à leurs lecteurs.*

Exemple : ils ont besoin d'une machine. Ils émettent *une souscription à vingt-neuf centimes* Ce chiffre de vingt-neuf centimes est bizarre, mais habile ; personne n'hésite pour si peu ! Dès que la souscription est couverte, l'émission est arrêtée.

Grâce à ce système, le matériel complet, qui représente des centaines de milliers de francs n'a pas coûté un sou aux Pères.

*
* *

Mais ce n'est pas tout !

La *Croix* de Paris était l'organe central. Il fallait aussi atteindre les coins les plus reculés de la province, pénétrer au fond des campagnes.

De là, la création des innombrables *Croix* de province. Il n'est plus, pour ainsi dire, de département qui n'ait sa *Croix* spéciale.

Le quotidien apporte la grande ligne de conduite à suivre, insinue tout doucement la nécessité des prochaines Saint-Barthélemy en se réjouissant des massacres d'Alger.

Les *Croix* provinciales font chorus et portent la bonne parole de haine évangélique jusqu'au fond des chaumières.

Il est à noter que, d'après les instructions très précises de la rue François Ier, les curés, les ecclésiastiques, ne doivent pas faire de propagande ouverte. Ils ne font partie des comités que secrètement.

La ligne politique des Pères de l'Assomption est d'une habileté vraiment machiavélique.

Leur grande trouvaille — on peut la qualifier géniale — a été de *feindre le ralliement à la République.*

Dans leur plan général, la *monarchie est sacrifiée,* en tant que monarchie indépendante de l'Eglise

(N'oublions pas l'assassinat d'Henri IV). Les Pères ont décidé d'étrangler la République parce qu'elle est issue de la Révolution. Mais ils étrangleraient tout aussi bien une monarchie qui tenterait de leur résister.

En réalité, tout leur est bon comme système gouvernemental. Ce qu'ils ont résolu, c'est simplement ceci :

La France sera avec eux, par eux, pour eux, ou elle ne sera pas.

Mais ils comprennent parfaitement qu'il est plus facile de conquérir un monarque, un homme, seul maître des destinées d'un pays, que d'accaparer un gouvernement ouvert à toutes les intelligences.

Donc, en principe, il faut tuer la République. Mais pour la tuer, il faut s'approcher d'elle, — *se rallier.*

Le ralliement fut donc résolu en 1887. Des événements retentissants en furent les résultats visibles.

La conversion de Lavigerie, de Fava, les luttes socialistes de de Mun, les conférences de l'abbé Garnier, la formation du groupe Piou, en 1889, etc., etc., telles furent les premières marques ostensibles de la politique assomptionniste.

La marche générale du Gésu s'orienta dès lors vers le *Socialisme.*

Le Socialisme chrétien !

Voilà la formule la plus parfaite, l'expression la plus exacte de la *feinte* imaginée par les Pères de l'Assomption.

Toutes ces choses furent décidées entre LE P. PICARD et LE PAPE, au cours d'un voyage fait à Rome par le chef des assomptionnistes.

Disons tout de suite qu'il y a à Rome une succursale d'assomptionnistes. Le P. Picard visite régulièrement cette maison. Le directeur de la succursale va, à son tour, voir le Pape

Il en résulte que le P. Picard et le Pape sont, *d'une façon occulte*, en communication permanente.

Il en résulte que, par les comités, les cercles de propagande qui ont mis la France aux mains des Assomptionnistes, LE PAPE, L'ITALIEN PECCI, *est à l'heure actuelle* LE VÉRITABLE MAITRE DE NOS DESTINÉES !

Je jette ici mon cri d'alarme.

Je souhaite ardemment qu'il soit entendu. Tout ce que je viens d'écrire est l'exacte expression de la vérité. Je me suis même efforcé d'atténuer parfois.

Le peuple court le plus grand danger qu'il ait jamais couru.

Le Gésu et les Gésuisants haïssent la République, haïssent la Révolution, haïssent la Liberté, haïssent le Peuple.

Ils ont juré d'employer tous les moyens: la perfidie, l'imposture, le meurtre, les massacres, pour déchaîner une guerre religieuse à la Faveur de laquelle la France meurtrie, la France saignée à blanc, éventrée, égorgée, privée de ses défenseurs, sera obligée de se jeter aux pieds de l'Eglise et de faire amende honorable.

Ce que complotent ces gens dépasse les rêves les plus abjects de despotisme.

Ce sont des fauves déchaînés.

Il faut les museler.

Il faut les enchaîner à tout jamais.

Il faut que le Peuple entier, le Peuple qui a tant souffert, le Peuple que le Gésu a martyrisé pendant des siècles, se lève, et, debout, frémissant, crie à l'immonde Inquisition qui le menace :

— Arrière, misérable ! Tu as assez tué ! Tu as assez brûlé ! Tu as assez torturé ! Tu as assez jeté d'infamie, de fange et de sang sur l'Histoire ! Arrière ! Rentre dans tes bouges ! N'espère plus rien ! Car, pour atteindre la Liberté sacrée que tu veux assassiner, il te faudrait passer sur trente millions de cadavres !...

Paris, septembre 1899.

Imp. lavalloise— E. Lellèvre, Rues du Lieutenant et de la Paix

www.ingramcontent.com/pod-product-compliance
Lightning Source LLC
Chambersburg PA
CBHW061616180626
46818CB00005B/2097